SCHOKUSPOKUS

Der geheime Kakaoklau

Schokuspokus

BAND 1: Der geheime Kakaoklau
BAND 2: Wahnsinnig vanillig

Weitere schokoleckere Bände in Vorbereitung!

Maja von Vogel

Schokuspokus

DER GEHEIME KAKAOKLAU

Mit Bildern
von Franziska Harvey

CARLSEN

DIE SCHOKOLADENVILLA

Ein ganz besonderes Waisenhaus mit unterirdischem Gewölbe. Dort befindet sich die Schokoladenwerkstatt, in der die berühmte Schokuspokus-Schokolade hergestellt wird.

DOKTOR AGATHE NIESWURZ

Direktorin. Schokoladensüchtig, verabscheut Kinder. Spitzname: Fieswurz. Liest jeden Sonntag die Legende vom Glückskakao vor und ist besessen davon, das sagenumwobene Rezept zu finden.

MADAME COCO

Katze der Fieswurz. Liebt gedünsteten Lachs mit Schokosoße und schläft auf einem Lavendelkissen.

MERT MELKBRINK

Hausmeister der Schokoladenvilla. Er lässt sich von niemandem aus der Ruhe bringen – nicht mal von der Fieswurz.

DIE 7 KINDER

der Schokoladenvilla.
Auf der Suche nach den 7 Glückskakao-Zutaten merken sie, dass das Glück manchmal ganz nah ist …

AMANDA

ebt in der Schokoladenvilla, eit sie denken kann. Hat eine esonders feine Nase, wenn es m Schokolade geht – und eine echte Spürnase für Abenteuer!

OSKAR

Amandas bester Freund, superschlau. Abenteuer mag er nicht – viel zu gefährlich!

JANTJE

liebt Märchen und träumt sich oft in fantastische Welten …

FIETE

So etwas wie Amandas kleiner Bruder. Er liebt Schokolade – nur leider ist Naschen bei der Fieswurz streng verboten.

LINA

sieht immer ein bisschen traurig aus. Spricht keine drei Worte am Tag.

ALLE

Begeisterter Fußballer mit großer Klappe – doch im Notfall ist auf ihn Verlass!

KLARISSA

hasst Küchendienst – und hält sich ganz klar für die Hübscheste im Waisenhaus!

Inhaltsverzeichnis

Die Legende vom Glückskakao

Vor langer Zeit lebte in Mittelamerika das Volk der Maya, das Kakao liebte und verehrte. Der Maya-Fürst trank morgens, mittags und abends ein Gebräu aus heißem Wasser und zerstoßenen Kakaobohnen. Es spendete ihm Freude und Kraft. Um den Kakaogott gnädig zu stimmen, opferte der Fürst zu jedem Vollmond seine edelsten Kakaobohnen.

Als Dank schenkte ihm der Kakaogott einen heiligen Becher mit dem Rezept für ein ganz besonderes Getränk: den Glückskakao. Es heißt, wer die richtigen Zutaten in diesem Becher anrührt und davon trinkt, der wird für immer glücklich sein.

Die Schokoladenvilla

Das Waisenhaus lag am Ende der Straße und war hinter einer hohen Hecke versteckt. Die alte Villa hatte eindeutig schon bessere Zeiten gesehen. Die Fassade war schmutzig grau und der Putz platzte an einigen Stellen ab. Die hölzerne Eingangstür mit den zahllosen Schnitzereien war verblichen und der goldene Klopfer, der im Maul eines seltsamen Wesens mit wirren Haaren steckte, glänzte schon lange nicht mehr in der Abendsonne.

Amanda öffnete die schwere Tür und betrat die Eingangshalle mit den verstaubten Fenstern, durch die die letzten Sonnenstrahlen des Tages fielen. In diesem Moment ertönte der Gong. Mist! Wenn sie zu spät kam, gab es Ärger!
Eilig sauste sie die breite Holztreppe hinauf. Die Stufen waren ausgetreten und jede knarrte in einem anderen Ton. Die Bewohner des kleinen Städtchens nannten das alte Haus nur „die Schokoladenvilla“, denn hier wurde seit jeher Schokolade hergestellt.

Daran hatte sich auch nichts geändert, als die Villa zu einem Waisenhaus geworden war.

„Da bist du ja endlich!“ Fiete wartete am Ende der Treppe. „Komm, es hat schon zum Abendessen gegongt. Ich hab einen Mordshunger!“

Amanda strubbelte ihm durch die Haare. „Wie immer, du kleiner Vielfraß!“
Fiete schlief im Schlafsaal direkt neben Amanda und war fast so etwas wie ein kleiner Bruder für sie. Er war erst fünf und dünn wie ein Strohhalm – aber essen konnte er für drei!

Im Speisesaal saßen bereits alle Kinder auf ihren Plätzen. Klarissa und Lina, die heute Küchendienst hatten, teilten das Essen aus: sieben Blechschüsseln für sieben Kinder, wie jeden Tag.
Außer Atem huschte Amanda auf ihren Platz neben Oskar und seufzte erleichtert. „Geschafft“, flüsterte sie.

„Warst du wieder auf dem Apfelbaum?“, raunte Oskar, Amandas bester Freund, ihr zu.

Amanda grinste nur. Der alte knorrige Baum war ihr Lieblingsplatz, obwohl der große Garten der Villa für die Kinder eigentlich verboten war.

„Bäh! Was ist das denn?“ Jantje, die Amanda gegenübersaß, starrte in ihre Schüssel und rümpfte die Nase.

„Sieht aus wie gekochtes Gehirn mit Kakerlaken“, stellte Kalle fest.

„Igitt!“ Jantje verzog angewidert das Gesicht.

Fiete jedoch schob sich schon die erste Gabel in den Mund. „Also, wenn ihr eure Portion nicht wollt …"
Amanda klatschte sich einen Löffel Brei auf den Teller und probierte vorsichtig. „Schmeckt nach nichts!", rief sie freudig überrascht. Das Essen wurde vom örtlichen Krankenhaus geliefert und war manchmal so ungenießbar, dass Amanda sich fragte, ob der Koch die Patienten vergiften wollte.
Die Kinder aßen hastig, denn zehn Minuten später wurden die Schüsseln schon wieder abgeräumt. Es knackte im Lautsprecher an der Decke und ein Räuspern ertönte, gefolgt von einer energischen Stimme.

„Häähm … *knacks* …
Rrrruhe im Speisesaal!“
Sofort wurde es mucksmäuschenstill.
„Waisen! Ihr wisst, was jetzt kommt: unsere kleine Sonntagssuche.“
Alle sieben Kinder stöhnten auf.
Die Stimme gehörte Dr. Agathe Nieswurz, der Direktorin des Waisenhauses. Sonntags speiste sie immer mit ihrer Katze Madame Coco in ihren Privaträumen. Das war einer der beiden Gründe, warum Amanda diesen Wochentag so sehr mochte. Selbst das schlechteste Essen schmeckte besser ohne den lauernden Blick der Direktorin.
Außerdem mussten die Kinder nicht in der Schokoladenwerkstatt schuften, um die berühmte Schokuspokus-Schokolade herzustellen.

Das Blöde am Sonntag war allerdings die abendliche Suche …
„Ich lese euch nun die Legende vom Glückskakao vor“, schnarrte es aus dem Lautsprecher. „Und ihr sucht nach dem verschollenen Becher. In zehn Sekunden geht es los! Wer mir das heilige Kakaogefäß bringt, bekommt zur Belohnung einen Kaugummi. 1, 2, 3, 4, 5 …“
„Immer das Gleiche“, brummte Kalle.
Oskar kratzte sich am Kopf. „Warum ist sie nur so besessen von diesem Glückskakao?“

„Weil sie stinkreich damit werden will“, sagte Amanda. „Und Geld ist das Einzige, was die Fieswurz glücklich macht.“

„… 9, 10!“, knarzte die Stimme. „Auf, auf, Waisen, die Suche beginnt!“

Während die Kinder sich im Haus verteilten, las Dr. Agathe Nieswurz über den Lautsprecher die uralte Legende vor.

„Vor langer Zeit lebte in Mittelamerika das Volk der Maya, das Kakao liebte und verehrte …“

Amanda schaltete auf Durchzug. Sie kannte die Geschichte in- und auswendig. Wie satt sie diesen ganzen Schokuspokus hatte!
„Wo fangen wir heute an?“, fragte Oskar, als er neben Amanda und Fiete die Treppe hinunterging.
Amanda stöhnte. „Ist doch völlig egal! Der blöde Becher ist nicht in der Villa, wir haben alles schon hundertmal durchkämmt!“

„Wir suchen in der Küche!“
Fiete hüpfte die letzten Stufen hinab.
Amanda grinste. „Du willst doch nur was zu essen mopsen.“
„Gar nicht!“ Fiete schob beleidigt die Unterlippe vor.
„Das lass auch lieber bleiben“, sagte Oskar besorgt. „Wenn dich die Nieswurz erwischt, kriegst du bloß wieder Ärger.“

In der Küche wuschen Klarissa und Lina das schmutzige Geschirr ab.
„Dieser Küchendienst ist echt das Letzte!“, schimpfte Klarissa. „Von dem Spülwasser bekomme ich immer ganz raue Hände.“

Sie pustete sich eine honigblonde Haarsträhne aus der Stirn.
Lina schwieg, wie immer. Sie wirkte stets ein bisschen traurig und sagte meistens keine drei Worte am Tag.
„Vielleicht ist der Becher ja im Kühlschrank!“ Fiete riss die Tür auf und machte ein enttäuschtes Gesicht. „Nur Milch, wie langweilig.“
„Die ist bestimmt für die Trinkschokolade der Fieswurz“, sagte Oskar.
Dr. Agathe Nieswurz war nicht nur vom Glückskakao besessen, sondern auch süchtig nach Schokolade. Sie liebte sie flüssig oder fest, zartschmelzend oder knackig, süß oder salzig, säckeweise oder in vornehmen Portionen. Sogar während des Unterrichts kaute sie gerne auf einer gerösteten Kakaobohne herum.

Den Kindern lief jedes Mal das Wasser im Mund zusammen – denn ihnen war jede Art von Schokolade leider streng verboten!

Während die Durchsage noch immer durch die Villa dröhnte, öffnete Amanda die Tür zu einem Wandschrank und warf einen halbherzigen Blick hinein. Besen, Schrubber, Putzeimer – und eine dicke Spinne, die über einen Handfeger kroch. Schnell zog Amanda die Tür wieder zu.

„Ich glaube, sie ist gleich fertig.“ Oskar zeigte zum Lautsprecher an der Decke. „Dann haben wir es für heute geschafft.“

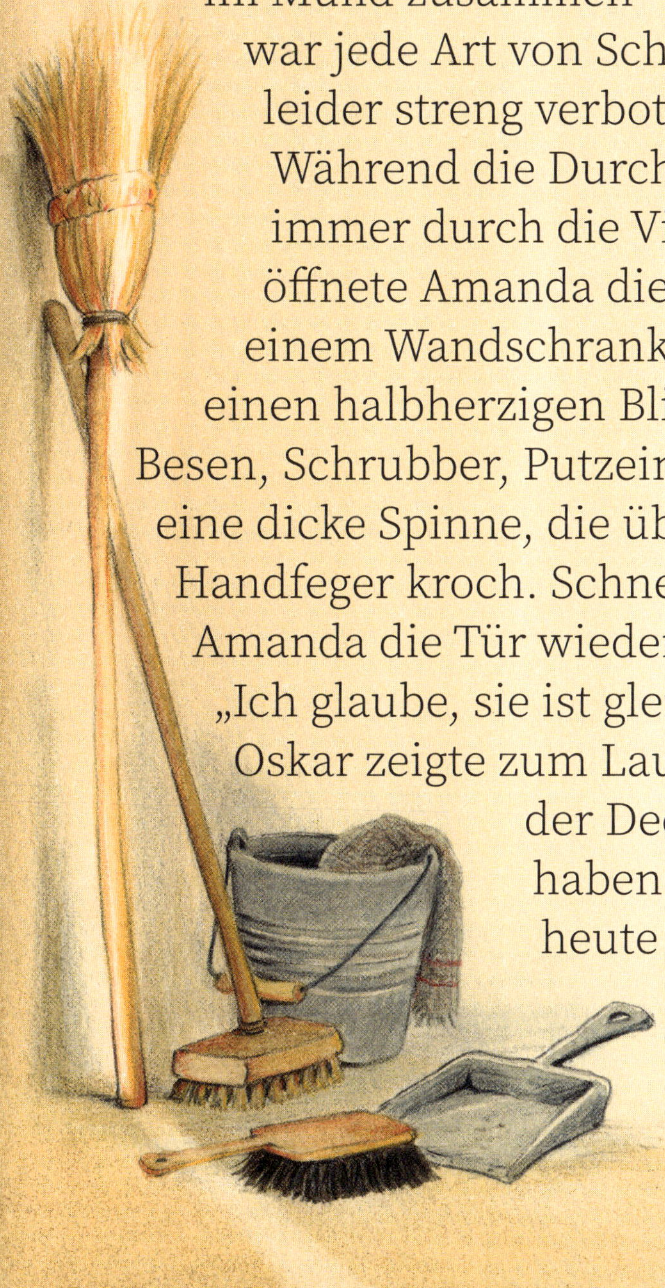

Agathe Nieswurz las mit feierlicher Stimme die letzten Worte der Legende: *„Es heißt, wer die richtigen Zutaten in diesem Becher anrührt und davon trinkt, der wird für immer glücklich sein.“*
Plötzlich spürte Amanda, wie sie eine Gänsehaut bekam. Ihre Nasenspitze kribbelte. Obwohl sie die Worte schon so oft gehört hatte, war es, als hätten sie mit einem Mal eine ganz besondere Bedeutung für sie …
Aber der Moment war gleich wieder vorbei. Als die Fieswurz in barschem Tonfall „Ab ins Bett, marsch, marsch!“ ins Mikrofon bellte, hatte Amanda das seltsame Gefühl schon wieder vergessen.

Naschen verboten!

Amanda lebte in der Schokoladenvilla, seit sie denken konnte.
Früher hatte sie sich in den düsteren Korridoren gefürchtet und hinter jeder Ecke ein Gespenst vermutet.
Inzwischen glaubte sie nicht mehr an Geister und fürchtete sich nur noch vor den Wutanfällen der Fieswurz.
Die Direktorin stand wie jeden Morgen in ihrem geblümten Morgenmantel in der Eingangshalle und teilte die Tagespläne aus.

Ihre schwarzen, kinnlangen Haare waren bereits perfekt frisiert. Madame Coco strich um ihre Beine und bedachte Amanda mit einem hochnäsigen Blick, als diese ihren Plan entgegennahm.

TAGESPLAN FÜR: Amanda

Tag: Montag

6:00 Uhr Aufstehen, 9½ Minuten Zähneputzen

6:15 Uhr Frühsport, kalt duschen, anziehen

7:15 Uhr Schnelles Frühstück, zack-zack!

7:30 Uhr Unterricht

(Heute: *Die physikalischen Eigenschaften der Schokuspokus-Schokolade*)

13:00 Uhr Hurtiges Mittagessen, ruck-zuck!

13:20 Uhr Arbeit in der Schokoladenwerkstatt

(Heute: *Schokolade verpacken*)

17:00 Uhr Hausaufgaben

(Heute: *Schreibe 38 Seiten über den Geschmack von Nussschokolade*)

19:00 Uhr Turbo-Abendessen, ratz-fatz!

19:25 Uhr Spätsport

20:00 Uhr Schlafengehen und Licht aus!

Missmutig steckte Amanda den Plan ein.
„Zieh nicht so ein Gesicht!“, schnarrte die Direktorin. „Müßiggang und Schlendrian sind Gift für Kinder. Ich bin lediglich um euer Wohl besorgt.“
Von wegen, dachte Amanda. In Wahrheit war die Fieswurz einfach nur furchtbar geizig. Die Kinder mussten umsonst arbeiten und bekamen noch nicht mal ein Krümelchen Schokolade dafür.

„Ich bin schon wieder zum Rühren eingeteilt“, maulte Fiete, als er nach dem Mittagessen neben Amanda die Kellertreppe hinunterstieg. Mit jeder Stufe wurde es dunkler und kühler.
„Ist doch gut, ich muss verpacken“, sagte Amanda. „Da arbeiten wir wenigstens nebeneinander.“
Fietes Gesicht hellte sich auf. „Erzählst du mir dann wieder eine Geschichte?“
Dic Wendeltreppe führte tief unter die Villa, wo sich ein gewaltiges Gewölbe ausbreitete. Hier befand sich die Schokoladenwerkstatt.
Zwischen den dicken Mauern empfing sie der vertraute Duft von Kakao. Amanda liebte diesen Geruch. Während sie ihn tief einatmete, prickelte ihre Zunge von den hundert Aromen, die in der Luft lagen …

Die anderen Kinder waren schon fleißig.

Lina füllte gerade Kakaobohnen in die alte, gusseiserne Röstmaschine. Jantje bediente die Kakaomühle, in der die gerösteten Bohnen gemahlen wurden. Oskar war für das Gießen der Schokoladentafeln zuständig, mit hochrotem Kopf war er bei der Arbeit.

An der Mix-Max-Maschine drehte ein kräftiger Mann mit kantigem Schädel und schaufelgroßen Händen gerade eine Schraube fest.

„Hallo, Herr Melkbrink", grüßte Amanda. Sie mochte den Hausmeister, auch wenn er nicht viel sagte und nur selten lächelte.

Aber seine warmen braunen Augen blickten immer freundlich. Und er ließ sich durch nichts aus der Ruhe bringen, noch nicht mal durch die Fieswurz, die den Hausmeister gern mit ihren Anweisungen bombardierte.
Mert Melkbrink nickte Amanda zufrieden zu und klopfte auf die Mix-Max-Maschine. „So, läuft wieder, die alte Dame." Er stand auf.
„Danke, Melki, äh … Herr Melkbrink", sagte Kalle. Er war heute für das Mischen der Zutaten zuständig.

Während der Hausmeister seinen Werkzeugkasten zuklappte, gingen Amanda und Fiete zu einem großen Bottich ganz hinten im Raum. Hier wurde die Schokolade erwärmt und mindestens zweiundsiebzig Stunden lang gerührt – von Hand! Denn das machte die Schokolade noch cremiger, fand die Fieswurz.

„Na endlich." Klarissa, die heute Wäschedienst hatte, klaubte ein fleckiges Geschirrtuch auf und warf es in einen großen Korb, der schon halb voll war. „Ich dachte, ihr kommt gar nicht mehr."

„Hör auf zu meckern." Amanda ging zur Verpackungsmaschine gleich neben dem Bottich. „Jetzt sind wir ja da."

„Viel Spaß!" Klarissa schnappte sich den Korb und marschierte zur Tür.

„Statt hier im Keller zu vermodern, darf ich draußen in der Sonne die Wäsche aufhängen."
Fiete streckte ihr die Zunge raus und griff nach dem Rührstab. „Blöde Kuh!"
„Lass dich doch nicht ärgern." Amanda legte einen Stapel Papier in die Verpackungsmaschine und schaltete sie an.
Gebannt beobachtete sie, wie eine Schokoladentafel nach der anderen über das Förderband in die Maschine wanderte und am anderen Ende eingepackt wieder herauskam.

Schokuspokus-Schokolade stand in verschnörkelten silbernen Buchstaben auf dem dunkelblauen Papier. Darunter war eine Kakaofrucht abgebildet.
Es gab sechs verschiedene *Schokuspokus*-Sorten:

Erdbeer-Pfefferminz
Chili-Banane
Waldmeister-Lakritz
Brausepulver-Karamell
Zuckerwatte mit Meersalz

Aber die mit Abstand edelste und teuerste Sorte war der *Schokuspokus-Azteken-Traum.*
Die Kakaobohnen dafür waren sehr selten und wuchsen nur an hundert Jahre alten Kakaobäumen tief im Urwald von Mexiko.
„Ich hab Hunger." Fiete warf einen sehnsüchtigen Blick auf die glänzende dunkelbraune Kakaomasse im Bottich.
„Ich auch." Seufzend sah Amanda einer Tafel *Waldmeister-Lakritz* hinterher, die in der Verpackungsmaschine verschwand.

Automatisch wanderte ihr Blick weiter zu einem der vielen Schilder, die an der Kellerwand prangten:

Amanda seufzte wieder.
„Rate mal, was ich mir zum Geburtstag wünsche“, sagte Fiete eifrig.
„Zufällig das Gleiche wie letztes Jahr?“ Amanda grinste.

Fiete nickte. „Eine ganze Tafel *Azteken-Traum* nur für mich alleine.“
„Vergiss es“, sagte Amanda. „Eher frisst die Fieswurz Fliegen.“
„Alles, was Spaß macht, ist verboten“, maulte Fiete. Er zog einen Flunsch. „Weißt du was? Ist mir egal!“ Im nächsten Moment beugte er sich über den Bottich.
„Nein!“, rief Amanda, doch es war zu spät.
Blitzschnell hielt Fiete den Zeigefinger in den Behälter und leckte ihn ab. „Mmh!“ Er schloss genießerisch die Augen. „*Erdbeer-Pfefferminz,* lecker!“ Ehe Amanda etwas sagen konnte, dröhnte eine Stimme durch den Keller.

„WAS FÄLLT DIR EIN?“
Fiete zuckte zurück und Amandas Magen krampfte sich zusammen. Noch bevor sie sich umdrehte, wusste sie, wer hinter ihnen stand.

Nichts wie weg

Dr. Agathe Nieswurz hatte die Hände in die Hüften gestützt und funkelte Fiete bedrohlich an. Sic beugte sich zu ihm hinunter und der Schlüssel, den sie immer an einer silbernen Kette um den Hals trug, baumelte ihm ins Gesicht.
„Ich, äh …“, stammelte Fiete mit knallrotem Kopf. „Ich habe … ich wollte nur …“
„Du wolltest *was?*“, fauchte die Direktorin. Die Antwort gab sie sich gleich selbst. „Du hast Schokolade

genascht! Kannst du nicht lesen?“ Sie zeigte auf das große Schild.
Fiete versuchte, sich hinter dem Bottich zu verstecken.
„In diesem Haus gibt es klare Regeln“, zeterte die Direktorin weiter. „Eine davon lautet: KINDER KRIEGEN KEINE SCHOKOLADE. Wenn ich mit dir fertig bin, wirst du diese Regel nie wieder vergessen. Du kommst jetzt mit und legst aus Kakaobohnen

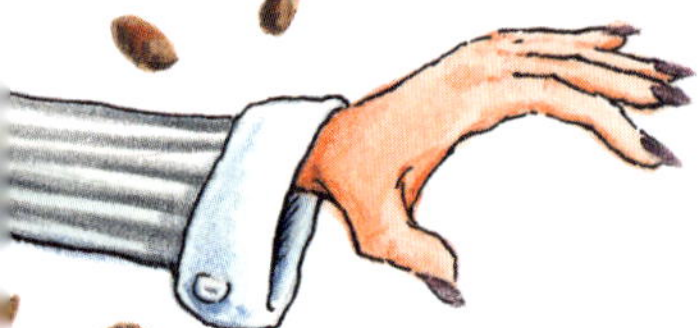

dreitausendmal den Satz: *Ich darf keine Schokolade naschen.* Und wenn du zwei Wochen damit beschäftigt bist.“
Agathe Nieswurz stapfte auf Fiete zu.
Amanda zögerte keine Sekunde. Sie sprang hinter der Verpackungsmaschine hervor und fasste Fiete am Arm. „Nichts wie weg!“

Im Zickzack rannten sie zwischen den Maschinen hindurch und flitzten zur Tür.
„Kommt sofort zurück, ihr frechen Kröten!“, brüllte die Direktorin.
Aber Amanda dachte gar nicht daran. Sie hielt Fietes Hand ganz fest und nahm auf der Kellertreppe immer mehrere Stufen auf einmal. Im Erdgeschoss bog sie in die Küche ab und zerrte Fiete hinter sich her.
„Wo willst du hin?“, keuchte er.

Tja, wohin?
Amanda hatte keine Ahnung. Sie wusste nur eins: Wenn die Fieswurz einen Wutanfall hatte, verduftete man besser und blieb in Deckung, bis sie sich wieder beruhigt hatte.
„Ich kann nicht mehr“, jammerte Fiete.
Amanda blieb stehen und sah sich panisch um. Wo konnten sie sich verstecken? Während die Schritte der Direktorin immer näher kamen, fiel ihr Blick auf eine unscheinbare Tür.
Der Putzschrank! Amanda riss ihn auf, schob Fiete zwischen zwei Plastikeimer und einen Besen und kletterte selbst hinterher. Im letzten Moment schloss sie die Tür.
Dr. Agathe Nieswurz stürmte wie eine zornige Heuschrecke in die Küche und blieb mitten im Raum stehen.

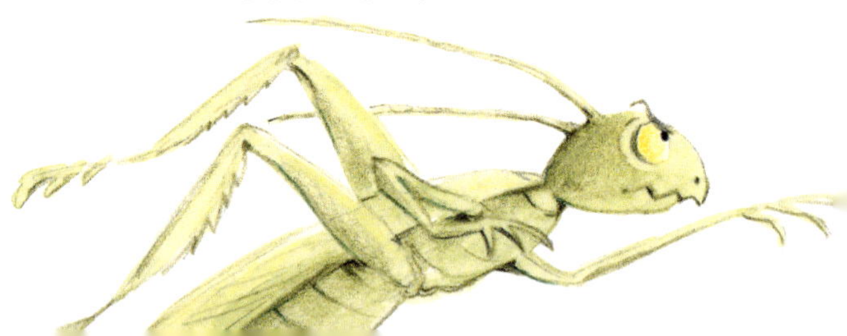

„Wo seid ihr, Waisen?“, knurrte sie böse. „Früher oder später krieg ich euch sowieso, also kommt lieber gleich raus.“ Ihr Blick blieb an der Schranktür hängen.

Durch den Spalt sah Amanda, wie die Direktorin auf den Schrank zuging. Sie hob den Arm und reckte ihre knochigen Finger dem Türknauf entgegen.

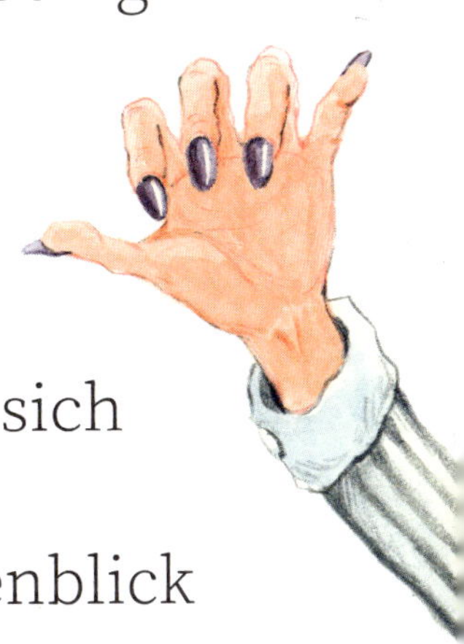

Amanda schluckte.

Das war's.

Sie saßen in der Falle.

Die Hand der Direktorin schloss sich um den Knauf und Amandas Herzschlag setzte für einen Augenblick aus …

In diesem Moment ertönte eine vertraute Stimme. „Frau Dr. Nieswurz, schnell! Sie müssen in den Keller kommen.“

Oskar!
Die Direktorin schnalzte ungehalten mit der Zunge. „Ich bin beschäftigt, siehst du das nicht?“
Oskar räusperte sich. „Aber die Mix-Max-Maschine ist ausgefallen.“
„Schon wieder? Das darf doch nicht wahr sein! Wo steckt dieser verflixte Hausmeister?“
Agathe Nieswurz ließ den Knauf los und marschierte mit eiligen Schritten aus dem Raum.
Oskar zwinkerte zweimal in Richtung Schrank, bevor er der Direktorin folgte.
Die Küchentür fiel zu.
Amanda atmete auf.
„Ist sie weg?“, piepste Fiete.

Amanda nickte. „Oskar hat uns gerettet."
„Was machen wir jetzt?"
„Warten. Bis sich die Fieswurz wieder abgeregt hat."
Fiete setzte sich auf den Boden und streckte die Beine aus. „Meinst du, wir verpassen das Abendessen?"
Amanda seufzte. „Kannst du nicht mal an was anderes denken? Wenn du nicht so verfressen wärst, würden wir jetzt nicht hier hocken."

Fiete zuckte mit den Schultern. „Was kann ich dafür, dass ich immer Hunger habe?“

Amanda schob einen Schrubber beiseite und hoffte inständig, dass sich die Spinne inzwischen eine andere Unterkunft gesucht hatte. Im Schrank war es dunkel und staubig. Nur durch den schmalen Türspalt fiel etwas Licht herein. Amanda hatte immer noch weiche Knie. Doch als sie sich gegen die Schrankwand lehnen wollte, purzelte sie fast hinten über.

„W-was ist das?“

Verwirrt drehte sie sich um. Die Schrankwand war gar keine Wand!

Sie bestand nur aus einem alten löcherigen Vorhang – und dahinter ging es weiter …

„Ein Geheimversteck!“ Fiete krabbelte sofort in die Nische, die sich hinter dem Vorhang auftat.

Amanda kroch hinterher und zog den Vorhang wieder zu. „Hier sind wir erst mal vor der Fieswurz sicher“, stellte sie zufrieden fest.

Sie zog die Nase kraus und schnupperte. Es roch nach schmutzigen Putzlappen und dem Staub der letzten Jahrzehnte.

Aber da war noch etwas anderes.

„Riechst du das auch?“

Fiete atmete ein und verzog das Gesicht. „Ja! Mäusedreck. Hoffentlich hast du dich nicht reingesetzt.“

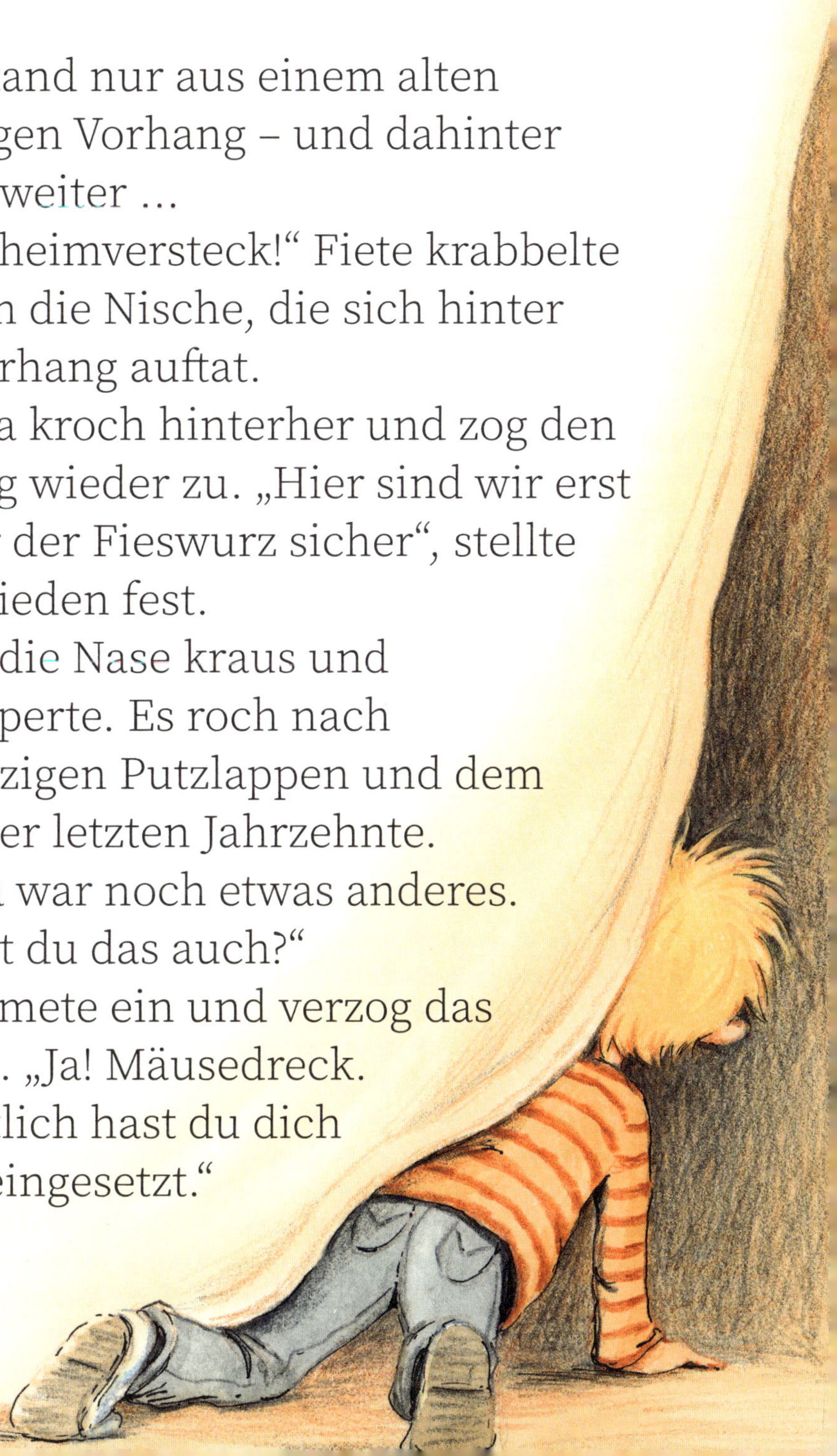

Amanda schüttelte den Kopf. „Das meine ich nicht."
Der Duft war ganz leicht, kaum wahrnehmbar. Er war vertraut und gleichzeitig fremd.
„Was kann das sein?"
„Ich riech nichts."
Wo kam dieser köstliche Duft her? Vorsichtig fuhr Amanda mit der Hand über den schmutzigen Holzboden. Er fühlte sich rau an und an einer Stelle ertastete sie eine kleine Erhebung. Vielleicht ein Nagel? Amanda zog daran – und hielt ein loses Brett in der Hand.
„Du hast den Schrank kaputt gemacht", japste Fiete.
„Das Brett war schon locker." Amanda legte es zur Seite und lugte in den finsteren Spalt.

Der Duft war nun so überwältigend, dass ihr beinahe schwindelig wurde.
„Da ist was!“
„Ein Piratenschatz?“, fragte Fiete aufgeregt.
Amanda zögerte einen Moment – was, wenn dort unten die Spinne lauerte? Dann steckte sie todesmutig den Arm in das dunkle Loch. Ihre Finger ertasteten einen Gegenstand. Amanda zog ihn heraus.
Fiete runzelte die Stirn. „Was ist das?“

Ein geheimnisvoller Fund

„Sieht aus wie ein Becher aus Ton.“
Amanda pustete eine dicke
Staubschicht von dem Gegenstand.
„Scheint ziemlich alt zu sein.“

„Alt und total zerkratzt“,
stellte Fiete fest.

Sie waren wieder in den vorderen Teil des Schranks gekrabbelt. Amanda bewegte den Becher im Lichtschein, der durch den Spalt in der Schranktür fiel. „Das sind keine Kratzer. Das sind Zeichen … oder Bilder.“ Der Duft, der aus dem Gefäß strömte, lenkte sie ab. Amanda war regelrecht benebelt. Es roch nach Dschungel, Freiheit und Abenteuer …
„Amanda!“ Fietes Stimme holte sie in die Wirklichkeit zurück.
„Riechst du das denn nicht?“ Amanda stutzte. „Hey, da ist ja was drin.“ Sie kippte den Inhalt des Bechers vorsichtig in ihre geöffnete Hand.
„Kakaobohnen!“ Fiete beugte sich vor und schnupperte. „Bäh, die müffeln.“ Amanda warf Fiete einen überraschten Blick zu.

Wieso konnte er den überwältigenden Duft der Bohnen nicht wahrnehmen? Fiete seufzte enttäuscht. „Also doch kein Piratenschatz. Nur ein zerkratzter Becher mit verschimmelten Kakaobohnen …“

„Wir nehmen ihn mit“, beschloss Amanda. „Vielleicht kann Oskar etwas damit anfangen.“

Kurz bevor der Gong zum Abendessen schlug, verließen sie den Schrank und schlichen nach oben in den Schlafsaal. Amanda schob das seltsame Gefäß tief unter ihr Kopfkissen, zupfte das Kissen zurecht und eilte in den Speisesaal.

Es gab matschige Kartoffeln mit verbrannten Würstchen und farblosen Erbsen – aus der Dose natürlich.
„Bäh." Klarissa verzog das Gesicht.
Amanda stocherte lustlos in ihrem Essen herum. Der geheimnisvolle Becher ging ihr nicht aus dem Kopf. Ein seltsames Kribbeln lief durch ihren ganzen Körper. Irgendetwas Besonderes hatte es mit dem Becher auf sich. Aber was?
„Komm nach dem Spätsport gleich in den Schlafsaal", raunte sie Oskar zu. „Ich muss dir was zeigen."
„Was denn?", fragte Oskar neugierig.

„Wart's ab." Amanda schob ein schwarzes Stück Würstchen zur Seite. „Danke übrigens für deine Hilfe vorhin. Das war Rettung in letzter Sekunde."
Ein Lächeln huschte über Oskars Gesicht. „Kein Problem."
„Nicht faseln", keifte die Direktorin vom Ende der Tafel her. In jeder Hand hielt sie ein Stück Brathähnchen mit Schokoglasur. „Futtern!"
Nach dem Essen wollten sich Amanda, Fiete und Oskar schnell verdrücken. Doch als sie den Speisesaal verließen, schlossen sich knochige Finger mit korallenroten Nägeln um Amandas Arm. „Hiergeblieben."
Mit der anderen Hand packte Dr. Agathe Nieswurz Fiete am Kragen und schob die Kinder grob vor sich her: „Ab in mein Büro."

Oskar warf seinen Freunden einen mitfühlenden Blick zu. „Bis später!“ Amanda seufzte. Eins musste man der Fieswurz lassen: Wenn es darum ging, Standpauken zu halten, war auf sie absolut Verlass.

„War es sehr schlimm?“, fragte Oskar, als Amanda und Fiete mit gesenkten Köpfen in den Schlafsaal trotteten. Amanda zuckte mit den Schultern. „Geht so: Wir sind eine Schande für die Schokoladenvilla.“

„Nächste Woche haben wir jeden Tag Küchendienst und bekommen keinen Nachtisch“, berichtete Fiete. „Außerdem müssen wir einen ganzen Sack Kakaobohnen von Hand sauber machen.“ Dafür teilte die Fieswurz Zahnbürsten aus, mit denen die Bohnen von Staub, Sand und Schmutz befreit wurden – eine sehr mühsame und todlangweilige Arbeit.

„Das ist hart.“ Oskar legte tröstend den Arm um Fietes Schulter.

„Halb so wild“, meinte Amanda. „Der Nachtisch schmeckt sowieso nie.“

„Mir schon." Fiete ließ den Kopf hängen. Doch plötzlich blitzten seine Augen auf. „Aber es hat sich gelohnt." Er fuhr sich mit der Zunge über die Lippen. „Die Schokolade war wirklich… mmmh!"

Schokolade!
Vor lauter Standpauke hatte Amanda gar nicht mehr an den Becher gedacht. Eilig zog sie ihn hervor. Sofort stieg ihr wieder der herrliche Duft in die Nase und ihre Laune hob sich schlagartig.

„Was hast du da?“, fragte Oskar.

Amanda hielt ihm das Gefäß hin. „Ich dachte, das könntest *du* uns sagen.“

Oskar las für sein Leben gern und war sehr schlau. Später wollte er Wissenschaftler werden.

„Zeig her.“ Er nahm den Becher und betrachtete ihn von allen Seiten.

„Das Ding lag im Schrank“, erzählte Fiete und setzte sich im Schneidersitz auf sein Bett. „Da sind Kakaobohnen drin, aber die sind verschimmelt.“

„Sind sie nicht“, erwiderte Amanda, „sonst würden sie nicht so duften.“

„Duften?“ Oskar schnupperte. „Ich rieche nichts.“

„Siehst du!“, rief Fiete triumphierend. „Sag ich doch.“

„Was habt ihr da?“ Kalle stürmte herein, gefolgt von Klarissa, Lina und Jantje. Oskar fuhr mit der Fingerspitze über die feinen Linien, die in den Ton geritzt waren. „Wisst ihr, was ich glaube?“ Er machte eine spannungsgeladene Pause und sah seine Freunde der Reihe nach an. „Ich glaube, wir haben das heilige Kakaogefäß gefunden.“

Amanda starrte ihn verblüfft an.
„Quatsch!“ Klarissa schüttelte den Kopf.
„Wie kommst du darauf?“, fragte Kalle skeptisch.
Ein Lächeln erschien auf Oskars Gesicht und seine Augen hinter den verschmierten Brillengläsern glitzerten. „Seht ihr diese Zeichen?“ Er deutete auf die eingeritzten Bilder. „Das sind Bildzeichen der Maya. Ich hab darüber gelesen.“
„Was bedeuten die?“, fragte Fiete.

„Keine Ahnung.“ Oskar zögerte. „Es … es könnte das Rezept für den Glückskakao sein.“

„Du meinst also, diesen Glückskakao gibt es wirklich?“ Amanda konnte es nicht fassen. „Ich dachte, das ist nur eine alte Geschichte, die sich jemand ausgedacht hat.“

„Viele Legenden haben einen wahren Kern“, erwiderte Oskar.

„Ein Kakao, der Wünsche erfüllt und glücklich macht", murmelte Klarissa. Sie schüttelte den Kopf und lachte auf. „Das wäre ja der Wahnsinn."
Jantje flüsterte: „Beinahe wie im Märchen …"
Lina schwieg, lauschte aber mit großen, glänzenden Augen.
„Okay!" Kalle klatschte in die Hände. „Dann müssen wir die Zeichen entziffern."
„Ich weiß nicht …" Auf Oskars Stirn erschien eine steile Falte. „Das könnte ziemlich gefährlich werden. Ich sag nur: Fieswurz."
Wie aufs Stichwort knackte der Lautsprecher und die Stimme der Direktorin schnarrte: „Waisen! In drei Minuten geht das Licht aus."
Schnell schlüpften die Kinder in ihre

Schlafsachen und putzten sich im Eiltempo die Zähne.
Amanda schaffte es gerade so ins Bett, da erlosch die Deckenlampe und es wurde dunkel.
„Wir reden morgen weiter“, flüsterte sie in die Finsternis. Mit klopfendem Herzen tastete sie nach dem Gefäß. Sanft fuhr sie mit dem Finger über die eingeritzten Bilder. Der Ton fühlte sich warm an und ihre Fingerspitzen begannen, seltsam zu prickeln. Das Letzte, was sie wahrnahm, bevor sie einschlief, war der wunderbare Duft der Kakaobohnen.

Ein gefährlicher Plan

„Geht das auch ein bisschen schneller?“, schallte es blechern aus dem Megafon durch den Garten der Schokoladenvilla. „Zack, zack, zack!“

Dr. Agathe Nieswurz saß im Morgenmantel auf dem Balkon und trank die erste Tasse Kakao des Tages. Auf ihrem Schoß thronte Madame Coco und gähnte gelangweilt.

„Ich kann nicht mehr“, japste Oskar.

„Du schaffst das.“ Amanda hakte sich bei ihm unter und zog ihn mit.

Oskar hasste den morgendlichen Dauerlauf. Er bekam immer so schnell Seitenstechen.
„Melkbrink!“, schnarrte die Nieswurz in das Megafon. „Sie übernehmen die weitere Überwachung des Frühsports. Coco und ich brauchen etwas Ruhe …“
Sie stand auf und ging in die Villa. Der Hausmeister, der gerade einen schief hängenden Fensterladen im Erdgeschoss festgeschraubt hatte, legte das Werkzeug zur Seite und blies in seine Trillerpfeife.
„Letzte Runde!“

Fiete schoss an Amanda und Oskar vorbei. „Ich bin schneller als ihr!“
Kalle lief wie immer an der Spitze. Klar, er war ja auch begeisterter Fußballer – ein echter Stürmerstar. Jantje, Lina und Klarissa befanden sich irgendwo im Mittelfeld und Amanda und Oskar bildeten das Schlusslicht.
„Endspurt“, feuerte der Hausmeister die Kinder an. „Gleich habt ihr’s geschafft.“
Mit letzter Kraft rannten Oskar und Amanda um die Hausecke und ließen sich vor der Villa ins Gras fallen.
„Mir ist übrigens was eingefallen.“ Amanda wischte sich über die Stirn.
„Was … denn?“, schnaufte Oskar mit knallrotem Gesicht.
„Die Fieswurz ist doch total besessen von den Maya und der Geschichte des

Kakaos. Sie forscht schon seit Jahren darüber."
Oskar nickte nur. Zum Sprechen fehlte ihm der Atem.
„Als sie uns gestern die Standpauke gehalten hat, lagen auf ihrem Schreibtisch lauter Bücher zu dem Thema herum", erzählte Amanda weiter.

„Stimmt.“ Fiete nickte. „Richtig dicke Schinken mit ganz kleiner Schrift.“
„Und was bringt uns das?“ Klarissa reckte die Arme in die Höhe und dehnte sich zur Seite.
„Vielleicht finden wir in ihrem Büro ein Buch, in dem die Zeichen auf dem Becher erklärt sind“, sagte Amanda.
Kalle seufzte. „Tja, aber da dürfen wir nicht rein.“
Er machte die schnarrende Stimme der Direktorin nach: *„Meine Wohn- und Arbeitsräume sind absolutes Sperrgebiet.“*
„Dann gehen wir eben nachts“, platzte Fiete heraus.
„Pst.“ Amanda sah besorgt zum Balkon hinauf, aber die Direktorin

hatte die breite Flügeltür geschlossen. Nur die leere Kakaotasse stand noch auf dem Tisch.

Oskar winkte ab. „Keine Chance. Ohne Schlüssel kommen wir nicht ins Büro. „Den trägt die Fieswurz immer um den Hals."

„Na und?" Fiete zuckte mit den Schultern. „Dann klauen wir den Schlüssel eben."

Amanda nickte langsam. „Warum eigentlich nicht? Wir warten, bis sie schläft, schleichen uns zu ihr und schnappen uns den Schlüssel …" Aufgeregt schaute sie von einem zum anderen.

„Ihr spinnt ja!“ Klarissa tippte sich an die Stirn. „Die Fieswurz wacht doch auf, wenn sieben Kinder durch ihr Schlafzimmer latschen.“

„Dann gehen halt nur ein paar von uns“, erwiderte Amanda.

„Es ist trotzdem gefährlich“, sagte Kalle. „Wir müssten irgendwie dafür sorgen, dass sie in dieser Nacht besonders fest schläft …“

Ein Lächeln huschte über Jantjes Gesicht. „Ich weiß auch schon, wie.“ Sie sah zum Gewächshaus, in dem die Direktorin Kräuter und frisches

Gemüse anbauen ließ – für sich selbst mochte sie nämlich ganz und gar kein Dosenfutter. „Mit Zitronenmelisse und Baldrian. Ich verspreche euch: Die Nieswurz wird schlafen wie ein Bär."

„Super Idee!", rief Fiete.
„Ich kann die Kräuter heute Nachmittag besorgen", sagte Jantje. „Da habe ich Gartendienst."
„Und ich mische ihr das Zeug abends in den Kakao." Auf einmal schien sogar Klarissa Gefallen an dem Plan zu finden. Sie lächelte. „Dann ist dieser blöde Küchendienst wenigstens zu etwas nütze."

Amanda sah überrascht von einem zum anderen. So fröhlich hatte sie die anderen lange nicht mehr erlebt. Und dass sie alle an einem Strang zogen, kam sonst auch höchst selten vor. Das war ein tolles Gefühl!

Da räusperte sich Oskar. „Meint ihr das wirklich ernst?“

Amanda nickte eifrig. „Klar. Warum nicht?“

„Das ist doch verrückt. Was, wenn die Fieswurz den Kakao nicht trinkt? Wenn sie aufwacht und uns in ihrem Schlafzimmer erwischt?“

Allein bei der Vorstellung wurde Oskar totenbleich. „Vielleicht ist es doch nur ein normaler Becher. Am Ende habe ich mich geirrt.“

Amanda schüttelte den Kopf. „Aber wenn es das echte Glückskakao-Rezept ist? Dann müssen wir es entschlüsseln, bevor die Fieswurz es in die Finger bekommt. Wer weiß, was sie damit anstellen würde?“

Oskar seufzte nur unglücklich.

Amanda legte die Hand auf seinen Arm. „Ich hab doch auch Angst. Aber zusammen schaffen wir das.“

„Super, dann gehen wir zu dritt“, krähte Fiete. „Denn ich komme natürlich mit.“

Oskar zögerte, dann nickte er tapfer.

„Okay, von mir aus.“

„Prima.“ Amanda lächelte.

Die massige Gestalt des Hausmeisters tauchte hinter ihnen auf. „Ab ins Haus, Kinder, der Unterricht geht gleich los.“ Amanda zuckte zusammen. Hatte er ihr Gespräch belauscht? Wenn ja, ließ er sich nichts anmerken. In Amandas Bauch prickelte es vor Aufregung, als sie aufsprang und in die Villa eilte.

Aktion Glückskakao

Die Aktion Glückskakao sollte noch am selben Abend starten. Amanda war so kribbelig, dass sie kein Wort des Unterrichtsthemas *Schokolade in Frankreich, Belgien und Luxemburg* mitbekam.
Als sie nachmittags im Keller an der großen Mix-Max-Maschine stand, rührte sie aus Versehen fast die doppelte Menge Chilipulver in die Chili-Bananen-Schokolade. Der Tag zog sich wie Kaugummi.

Und dann, endlich, nach dem Abendessen, versammelten sich die Glückskakao-Jäger im Schlafsaal.
„Ich hab die Melissenblätter und die Baldrianwurzel einfach in meinen Pulloverärmel gesteckt." Jantje strahlte.
Klarissa nickte zufrieden. „Und ich hab den Kakao mit extra viel Zucker angerührt, damit man die Kräuter nicht rausschmeckt."
Amanda kicherte. „Super!" Am liebsten wäre sie sofort aufgebrochen.

Eine Stunde später hatte sich nächtliche Ruhe über die Villa gelegt.
„Es geht los", flüsterte Amanda und schlug die Bettdecke zur Seite.
„Viel Glück!", wünschte Lina, was für ihre Verhältnisse fast schon eine kleine Rede war.
„Lasst euch nicht erwischen", warnte Klarissa.
„Wenn ihr Hilfe braucht, sagt Bescheid", fügte Kalle hinzu.
Nur Jantje schwieg. Sie lag in ihrem Bett und war bereits eingeschlafen.
Oskar warf ihr einen neidischen Blick zu. „Also gut, bringen wir's hinter uns."

Im Flur war es dunkel und kalt.
Draußen pfiff der Wind um die Villa.
Hier und da ächzte ein Balken. Sonst war alles still.
Amanda ging voran. Oskar und Fiete folgten ihr.
Auf Zehenspitzen schlichen sie in den hinteren Teil der Villa, in dem sich das Büro und die privaten Räume der Direktorin befanden.
Als ein Knacken hinter ihnen ertönte, griff Oskar nach Amandas Arm. „Was war das?"

Amanda blieb stehen und lauschte. War noch jemand zu dieser späten Stunde wach?
Wurden sie verfolgt?
„Vielleicht spukt's hier ja", flüsterte Fiete. Der Gedanke schien ihm zu gefallen.
Oskar blickte sich ängstlich um. „Es … es gibt keine Geister", stotterte er unsicher.

„Das war bestimmt nur der Wind", sagte Amanda. „Los, weiter!"
Vor dem Schlafzimmer der Direktorin schlugen Oskars Zähne so laut aufeinander, dass es von den dunklen Wänden widerhallte. Auch Amandas Hände waren eiskalt. Gleichzeitig kribbelte es angenehm in ihrem Magen. Wenn alles gut lief, würden sie noch heute das Rezept für den Glückskakao entschlüsseln. Das war der reine Wahnsinn! „Oskar, du bleibst hier und warnst uns, falls jemand kommt, okay?"
Oskar nickte. „K… k… klar."
Mit klopfendem Herzen drückte Amanda die Klinke herunter. Als sie in das dunkle Schlafzimmer trat, hielt sie den Atem an.
„Weiter", flüsterte Fiete. Er schloss die Tür und …

… sie standen in völliger Finsternis.

Amanda wartete einen Moment, bis sich ihre Augen an die Dunkelheit gewöhnt hatten. Die schweren Vorhänge waren nicht ganz geschlossen und durch den Spalt sickerte etwas Mondlicht ins Zimmer. Das Bett stand rechts an der Wand. Von dort war leises Schnarchen zu hören. Mit zitternden Knien schlich Amanda näher.

Der Kopf der Fieswurz zeichnete sich auf dem Kissen ab. Ihr Mund war leicht geöffnet und über den Augen trug sie eine Schlafbrille. Auf dem Nachttisch stand eine leere Tasse. Amanda schnupperte. Kakao – mit einem Hauch von Melisse-Baldrian … Die Direktorin hatte den Schlaftrunk also geschluckt, das war gut.

Vorsichtig beugte Amanda sich vor … und biss sich im nächsten Moment auf die Lippe. „Mist“, raunte sie Fiete ins Ohr. „Sie trägt die Kette nicht um den Hals. Der Schlüssel muss hier irgendwo rumliegen.“

Fiete suchte auf der Frisierkommode. „Hier ist er nicht.“

Amanda öffnete den Nachttisch. Darin lagen eine angebissene Tafel *Schokuspokus Brausepulver-Karamell* und drei Büroklammern – aber kein Schlüssel.

Fiete und Amanda durchstöberten den Kleiderschrank und die Sockenschublade. Als Amanda auf einmal eine mit Spitze verzierte Unterhose der Fieswurz in der Hand hielt, quietschte Fiete auf. „Bäh! Lass uns gehen, hier ist nichts.“

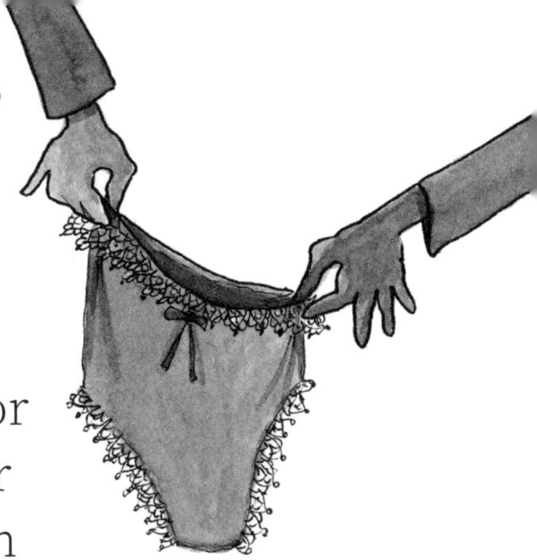

Ehe Amanda antworten konnte, schoss ein Schatten vom Fußende des Bettes empor und fegte wie ein dunkler Blitz auf sie zu. Im letzten Augenblick wichen die Kinder aus. Der Schatten landete elegant auf dem Parkett und maunzte ärgerlich.

„Madame Coco“, zischte Amanda etwas zu laut. „Du kleines Biest!“

Agathe Nieswurz zuckte und warf den Kopf auf dem Kissen hin und her. Amanda erstarrte. Aber der Beruhigungskakao schien zu wirken: Die Direktorin grunzte zwei Mal und schnarchte weiter.

Da sah Amanda es: ein silbernes Glänzen im Mondlicht. Unter dem Kopfkissen blitzte die Kette hervor. „Fiete, schau!“ Fiete streckte schon die Hand aus, doch Amanda hielt ihn zurück. „Nicht, sonst weckst du sie! Warte …“
Sie griff nach der Tasse, in der sich noch ein Rest Kakao befand, und hielt sie der schlafenden Direktorin unter die Nase. Erst geschah nichts.
Dann atmete Dr. Agathe Nieswurz schnaufend ein und wälzte sich auf die andere Seite. Blitzschnell zog Fiete den Schlüssel unter dem Kopfkissen hervor und hielt ihn in die Höhe. „Bingo!“

Schokoladenduftluft

„War gar nicht so schlimm“, behauptete Fiete, während sie auf leisen Sohlen zu Agathe Nieswurz’ Büro liefen.
Amanda schnaubte. „Also, ich wäre fast gestorben, als Madame Coco plötzlich aufgetaucht ist!“
„Kann ich gut verstehen. Gemeines Biest!“ Oskar warf der Katze einen bösen Blick zu. Seit sie das Schlafzimmer verlassen hatten, lief sie wie ein Schatten neben ihnen her und ließ sie nicht aus den Augen.

„Da wären wir.“ Amanda blieb vor dem Büro stehen und schloss die Tür auf. Leise betraten sie den Raum. Oskar zückte seine Taschenlampe – eine alte, leicht angerostete Funzel, die er heiß und innig liebte. Manchmal las er damit abends noch stundenlang unter der Bettdecke, wenn das große Licht schon längst erloschen war.

„Ein Buch über die Schriftzeichen der Maya“, murmelte Oskar und ließ den flackernden Strahl der Lampe über die Wände huschen. „Wo könnte das sein?“

Während Fiete den Schreibtisch unter die Lupe nahm, durchsuchten Amanda und Oskar die Bücherregale.

Madame Coco beobachtete das seltsame Treiben aus funkelnden Augen. Als wollte sie am nächsten Morgen alles haarklein der Fieswurz erzählen, dachte Amanda mit flauem Gefühl. „Hier ist kein Buch mit alten Schriftzeichen“, stellte Oskar schließlich fest und rückte seine Brille zurecht.

„Hier auch nicht.“ Fiete schob die letzte Schreibtischschublade zu. „Nur Papierkram.“

„Verdammt!“ Amanda war so enttäuscht, dass sie am liebsten geweint hätte. War etwa alles umsonst gewesen? Das durfte einfach nicht sein! Die Suche hatte doch gerade erst begonnen …

„Wir sollten zurück in den Schlafsaal gehen.“ Oskar blickte nervös zur Tür. „Bevor uns jemand erwischt.“
Plötzlich stieg Amanda ein vertrauter Geruch in die Nase. Sie schnupperte. „Schokolade!“
„Wo?“ Fiete war sofort hellwach.
„Weiß ich nicht. Aber ich kann sie riechen.“
„Echt?“ Oskar schüttelte den Kopf. „Ich nicht.“
Amanda folgte dem Duft. Er schien aus einem der Bücherregale hinter dem Schreibtisch zu kommen …

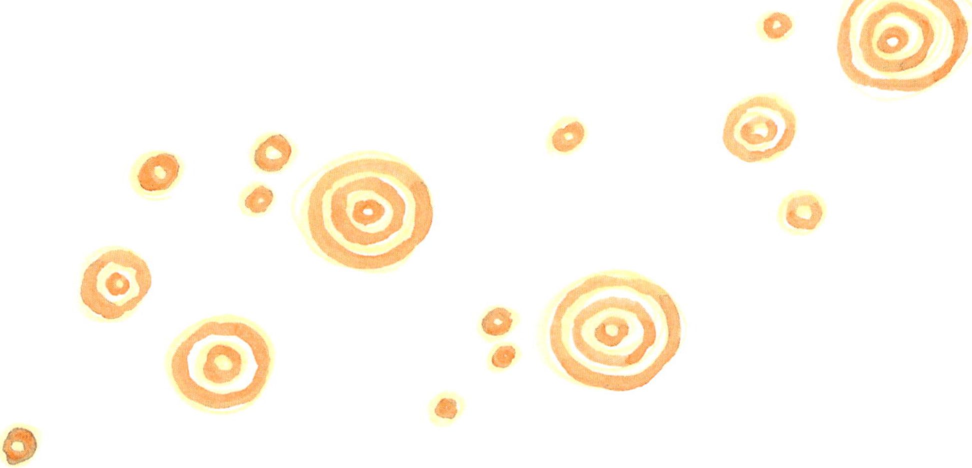

… doch in dem Regal standen nur unzählige Bände eines alten Lexikons. „Seltsam.“ Amanda schnupperte an den Buchrücken. Sie rochen nach Staub und vergilbtem Papier. Der Rücken des Bandes *Scha-* bis *Scho-* glänzte im Schein der Taschenlampe, als wäre er öfter angefasst worden als die anderen. Amanda streckte die Hand aus, zog an dem Buch – und das Regal schwang lautlos zur Seite. Amanda schrie auf.
„Was ist das?“, fragte Oskar.
„Eine Geheimtür“, staunte Amanda.

„Ein verstecktes Zimmer!“, rief Fiete begeistert.
„Das ist ja verrückt …“ Amanda wollte gerade einen Blick hineinwerfen, als sie Schritte auf dem Flur hörten.
„Da kommt jemand“, flüsterte Fiete.
„Die Fieswurz …“ Oskar begann zu zittern.
„Los, rein da!“ Amanda schubste ihre Freunde in den Raum hinter der Tür. Es war eine winzige Kammer, vollgestopft mit Kisten. Amanda quetschte sich dazu und zog das Regal wieder vor. Oskar knipste die Taschenlampe aus und die Kinder verharrten reglos in absoluter Dunkelheit.

Die geheime Kammer

Amanda spürte Oskars Atem in ihrem Nacken. Fiete stand dicht neben ihr und schob seine Hand in ihre. In der kleinen Kammer war es warm und stickig. Sie konnten nichts sehen, aber sie hörten, wie sich die Tür zum Büro öffnete und jemand mit schweren Schritten den Raum betrat. Das war nicht die Fieswurz. Aber wer war es dann? Ein aufforderndes Maunzen drang durch das Regal. Madame Coco, die alte Verräterin!

„Was machst du denn hier, Coco?“, fragte eine dunkle Stimme.
Mert Melkbrink! Die Schritte des Hausmeisters kamen näher. Offenbar saß die Katze direkt vor dem Regal. Blödes Vieh! Was, wenn der Hausmeister das halb herausgezogene Buch entdeckte, es ins Regal zurückschob und damit den geheimen Mechanismus auslöste?
„Bist du der Chefin ausgebüxt?“, murmelte Herr Melkbrink. „Dachte, ich hätte ein Geräusch gehört. Warst du das, Coco?“
Die Katze miaute wieder, es klang etwas beleidigt.
„Raus mit dir, du hast hier nichts zu suchen.“ Der Hausmeister hob leicht die Stimme. „Coco und ich gehen jetzt schlafen. Und das rate ich auch allen anderen Nachtschwärmern.“

Die Schritte entfernten sich und die Tür wurde zugezogen. Amanda, Fiete und Oskar wagten kaum zu atmen. Sie lauschten und warteten. Nach einer gefühlten Ewigkeit schob Amanda mit einem Ruck das Regal zurück. Die drei Freunde purzelten aus der Kammer.

„Endlich!“, stöhnte Fiete. „Ich bin fast erstickt da drinnen.“
„Nicht so laut“, mahnte Oskar.
„Glaubt ihr, Melki wusste, dass wir hier sind?“ Amanda runzelte nachdenklich die Stirn.
„Ist doch egal. Seht euch lieber das hier an.“ Fiete deutete in die Kammer: *„Schokuspokus Azteken-Traum,* die teuerste und edelste Schokolade. Kistenweise!“ Dann sagte er nichts mehr. Seine Augen glänzten, als wäre er im Paradies gelandet. Oder in seinem ganz persönlichen Schlaraffenland.
„Wieso bunkert die Fieswurz so viel davon?“, wunderte sich Oskar.
„Sie ist schokoladensüchtig“, erinnerte Amanda ihn. „Das ist bestimmt ihr geheimes Vorratslager. Damit ihr bloß niemand was wegfuttert.“

„Aber wieso hast du die Schokolade gerochen?“, fragte Oskar weiter. „Sie ist doch in Kisten gepackt – und gut versteckt.“

Amanda grinste und zuckte mit den Schultern. „Ich hab halt den richtigen Riecher.“

„Ich glaub’s nicht!“ Oskar schob sich in die Kammer und zog einen Stapel Bücher hervor.

„Lauter Bücher über Mittelamerika – und die Maya. Genau, was wir gesucht haben. Hier waren sie also, hinter den Kisten!“

Amanda blätterte das oberste Buch durch. Es war voller seltsamer Zeichen und Bilder und roch nach uralten Zeiten.

Oskar war bereits in einem anderen versunken. Seine

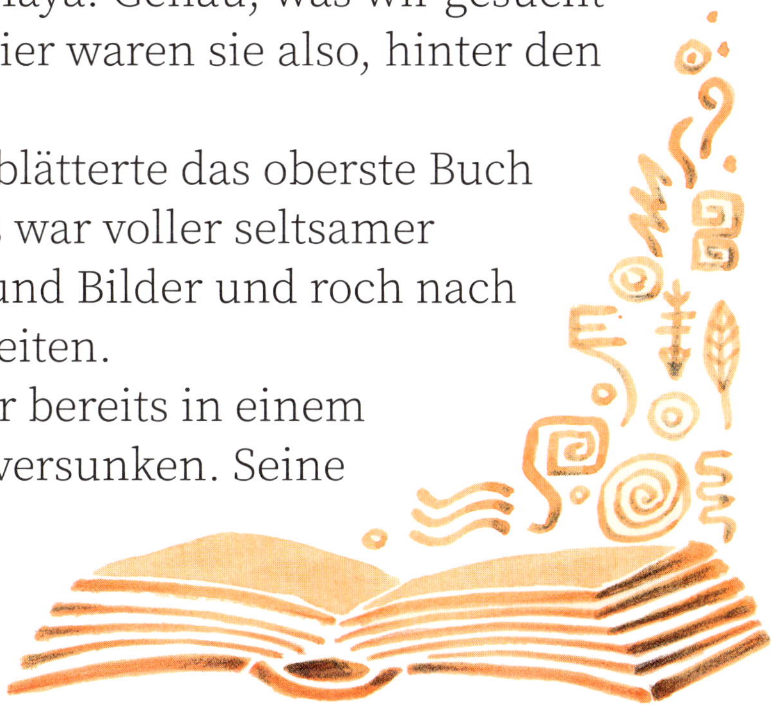

Augen funkelten. „Wahnsinn! Hier steht alles über die alte Schrift der Maya und wie man sie entziffert“, murmelte er. „Das ist hochinteressant.“
„Hier.“ Amanda reichte Oskar ein Blatt. „Ich hab die Zeichen abgemalt, die auf dem Becher eingeritzt sind.“
„Du bist genial.“ Oskar blätterte hastig hin und her. „Moment … das ist das Zeichen für Kakao.“ Er deutete auf ein Bild, das wie ein Fisch aussah. Davor befand sich eine Art Kamm. Oder sollte es eine Fischgräte sein? Oskars Wangen glühten. „Und diese Wellenlinien hier könnten ‚Meer‘ bedeuten …“
„Warte, Oskar, nicht so schnell.“ Amanda zog einen Bleistift aus der Tasche. Und während Oskar vorlas, schrieb Amanda mit klopfendem Herzen mit …

Schokus
Schokus
Schokus

Für immer glücklich

„Sieben Zutaten!“ Amanda hielt den vollgekritzelten Zettel stolz in die Höhe, als sie zusammen mit Fiete und Oskar zurück in den Schlafsaal stürmte. „Für den Glückskakao brauchen wir sieben Zutaten.“

„Im Ernst?“, fragte Kalle.

„Ich fasse es nicht. Ihr habt das Rezept wirklich entschlüsselt?“ Klarissa sprang aus dem Bett. „Na los, welche Zutaten sind es?“

Amanda zählte sie an den Fingern ab.

„Glückskakaobohnen, Goldene Glücksvanille, das Schnurrhaar eines Jaguars, die Feder eines Quetzals, salzige Tränen, Piffpaff-Pfeffer“, sie blickte strahlend in die Runde, „und eine Zaubernuss.“

Amandas Worte verhallten im Raum. Niemand sagte etwas. Selbst Kalle, der sonst nie um einen flotten Spruch verlegen war, schwieg beeindruckt. Und Jantje schlummerte immer noch tief und fest.

„Sieben Zutaten und sieben Kinder.“ Oskar rückte seine Brille gerade. „Das kann doch kein Zufall sein, oder?“

Amanda schüttelte den Kopf und lachte. „Leute, das ist kein Zufall, sondern Schicksal.“

Feierliche Stille legte sich über den Schlafsaal.

Amanda konnte es ja selbst noch nicht richtig glauben: Sie hatten das Rezept tatsächlich entschlüsselt! Jetzt wussten sie, woraus der Glückskakao bestand. Ob er ihnen wirklich Glück bringen würde?
„Erzählt schon“, flüsterte Klarissa ungeduldig. „Wie habt ihr das geschafft? Was ist passiert? Wir wollen alles wissen.“
„Die Fieswurz versteckt ganz viel Schokolade in ihrem Büro“, platzte

Fiete heraus und abwechselnd berichteten die drei von ihrem nächtlichen Abenteuer.
Als sie fertig waren, holte Amanda den Becher unter ihrem Kopfkissen hervor. „Wir haben das Rezept, wir haben das heilige Gefäß und wir haben die erste Zutat.“
Sie sog den würzigen Duft der alten Kakaobohnen ein. So wunderbar, wie sie rochen, konnten es nur echte Glückskakaobohnen sein.

„Fehlen also nur noch sechs“, sagte Kalle trocken.
„Die finden wir auch noch.“ Amanda fühlte sich zuversichtlich wie nie zuvor.
„Wir werden nicht eher ruhen, bis wir alle Zutaten des Glückskakaos gefunden haben“, verkündete Oskar entschlossen.
„Seid ihr dabei?“, fragte Amanda.
„Klar!“, riefen Fiete und Kalle gleichzeitig.
„Warum nicht?“ Klarissa zuckte mit den Schultern. „Ein bisschen Glück kann man immer gebrauchen.“ Sie tat ganz lässig, aber auf ihrem Gesicht lag ein Strahlen.
Lina nickte ernst und Jantjes Antwort war ein leises Schnarchen.
Fiete gähnte herzhaft und rieb sich die Augen.
„Fast hätte ich’s vergessen.“ Amanda

lächelte geheimnisvoll. „Ich hab noch was für dich." Sie zog eine Tafel *Azteken-Traum* unter ihrem Schlafanzug hervor.
„Für mich?" Fiete starrte die Schokolade an. „Ehrlich?"
Amanda nickte. „Die hast du dir verdient. Ohne dich hätten wir die Bücher hinter den Kisten nie gefunden."
Fietes Augen glitzerten. „Eine ganze Tafel *Azteken-Traum*", hauchte er. „Das ist so … so … Das ist der schönste Tag meines Lebens!" Ehrfürchtig nahm er die Tafel. Unter dem königsblauen Papier knisterte es verheißungsvoll.
„Hoffentlich fällt der Fieswurz nicht auf, dass eine Tafel fehlt", sagte Oskar besorgt.
Amanda schüttelte den Kopf. „Quatsch, die hortet doch kistenweise Schokolade. Das merkt die gar nicht."

Und selbst wenn,
dachte Amanda.
Das Leuchten auf Fietes
Gesicht war jede
Strafarbeit der Welt
wert.
Fiete riss das Papier
auf, brach ein Stück
Schokolade ab und
steckte es sich in
den Mund.
„Mmmh, lecker!“
Er sah so verzückt
aus, dass alle lachen
mussten.
„Ich glaube, Fiete
braucht gar keinen
Glückskakao mehr.“
Oskar lächelte.

„Der platzt ja jetzt schon fast vor lauter Glück."
Amanda gähnte zufrieden. Jetzt merkte sie erst, wie müde sie war. Schnell schlüpften die Kinder in ihre Betten. Amanda griff nach dem heiligen Becher und roch an den duftenden Kakaobohnen. Sie musste an ihre Eltern denken, wie so oft, wenn sie abends im Bett lag.
Doch dieses Mal machte sie der Gedanke nicht traurig. Bestimmt wären ihre Eltern stolz auf sie, wenn sie wüssten, was sie heute getan hatte. Amanda tastete nach dem Amulett, das sie um den Hals trug. Es war das Einzige, was sie noch von ihren Eltern hatte. Wie es wohl war, ein richtiges Zuhause zu haben? Wäre das nicht das größte Glück?

Im Dunkeln hörte sie die anderen Kinder gleichmäßig atmen. Oskar schnarchte leise. Fiete schmatzte zufrieden im Schlaf.
Ein warmes Gefühl breitete sich in Amandas Bauch aus. Für jeden sah das Glück anders aus. Zusammen mit ihren Freunden würde sie die restlichen Zutaten finden. Ganz bestimmt. Dann würden sie für immer glücklich sein.
Mit einem Lächeln auf dem Gesicht schlief Amanda ein.

Im nächsten Band geht die Suche nach den Glückskakao-Zutaten so richtig los!

Doch die Jagd nach der
Goldenen Glücksvanille birgt mehr Gefahren,
als sich Amanda und ihre Freunde hätten
träumen lassen …

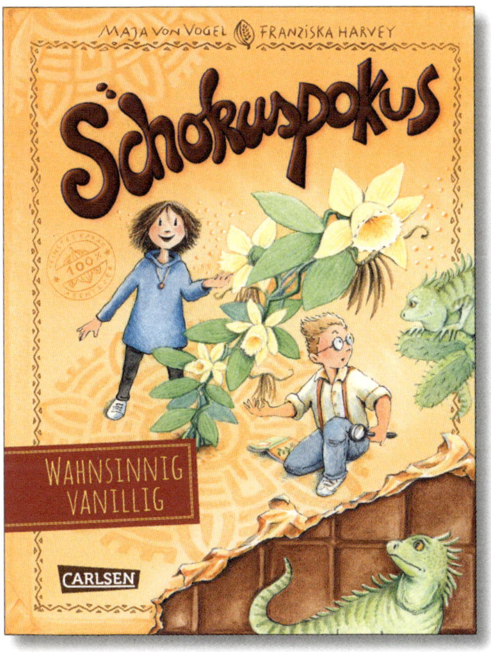

Lies auch das zweite Abenteuer!

Leseprobe aus Band 2

Schokuspokus

WAHNSINNIG VANILLIG!

Es war seltsam, durch die dunklen, leeren Gassen des Städtchens zu laufen. Alles sah nachts ganz anders aus: geheimnisvoll und fremd. Auch der Schlossgarten wirkte verändert. Die Bäume schienen sich Botschaften zuzuflüstern. Oder kam das Gewisper von unsichtbaren Nachtwesen, die im Park herumschlichen? Amanda schauderte es. Unsinn, sagte sie sich. Es ist einfach nur dunkel hier, das ist alles.

So leise wie möglich liefen sie über die Kieswege, am schlafenden Rosengarten vorbei bis zum Gewächshaus, das dunkel zwischen den Rhododendron-Büschen lag.
Die Schlossuhr schlug elf Mal. Sie waren gerade noch rechtzeitig gekommen.
„Wir müssen uns verstecken“, flüsterte Amanda. Mit pochendem Herzen krochen sie unter einen Busch neben der Eingangstür.
Sie brauchten nicht lange zu warten. Schon bald tauchte der Gärtner auf. Er war nicht allein. Der Mann, der neben ihm lief, war einen Kopf kleiner, ungefähr doppelt so dick und hatte kein einziges Haar auf dem Kopf. Seine Glatze glänzte im Mondlicht wie ein polierter Apfel.

„Wie viele Schoten trägt sie denn?“, fragte der kleine Mann eifrig.
„Genug“, brummte der Gärtner. „Die Pflanze ist groß und kräftig. Glaub mir, ab jetzt brauchst du dir nicht mehr in deinem Gewürzladen die Füße platt zu stehen. Mit der Pflanze hast du ausgesorgt.“ Er zog einen schweren Schlüsselbund hervor und schloss das Gewächshaus auf.
„Ich kann’s kaum erwarten!“ Der dicke Mann rieb sich die Hände. „Wahnsinn! Eine Goldene Glücksvanille! Meine Kunden werden mir die Schoten aus den Händen reißen …“

Die Männer verschwanden im Gewächshaus.

„Der Gärtner will die Vanillepflanze verkaufen!“, zischte Amanda empört. „Dieser Schuft! Das müssen wir verhindern!“

„Wie denn?“, fragte Fiete gespannt.

„Keine Ahnung“, sagte Amanda. „Aber wir müssen auf jeden Fall da rein!“

Lautlos schlüpften die Freunde ins Gewächshaus. Warme, schwere Luft empfing sie. Die Notbeleuchtung spendete gerade genug Licht, um nicht zu stolpern.

Die Männer standen weiter hinten neben der Goldenen Glücksvanille. Amanda und Fiete pirschten sich im Schutz der tropischen Pflanzen näher heran.

„Ganz schön heiß hier!“ Der dicke

Gewürzhändler zog ein Taschentuch hervor und tupfte sich über die Glatze. „Wo steht denn nun das Ding?"
„Darf ich vorstellen …" Der Gärtner deutete auf die Goldene Glücksvanille. „Gib mir das Geld, dann gehört das Gemüse dir."

Amanda schob sich zwischen zwei südamerikanischen Kakteen hindurch. Die Gedanken rasten kreuz und quer durch ihren Kopf. Was sollte sie tun? Plötzlich pikste etwas in ihren Arm. „Autsch!“ Amanda machte einen Satz nach hinten. Mist, hier war alles voller Kakteen!
Im nächsten Moment ertönte ein leises Pfeifen, das immer lauter wurde, bis es das ganze Gewächshaus erfüllte. Es klang wie eine Sirene. Auweia! Hatten sie die Alarmanlage ausgelöst?

Maja von Vogel studierte Deutsch und Französisch. Sie arbeitete mehrere Jahre als Lektorin in einem Kinderbuchverlag und begann dann, selbst Bücher zu schreiben und zu übersetzen. Heute lebt sie in Norddeutschland und träumt von altem, vergessenem Maya-Zauber. Ihre Schokuspokus-Lieblingsschokolade ist Brausepulver-Karamell, die prickelt so schön.

Franziska Harvey malt Bilder für Kinderbücher und lebt mit ihrer Familie und ihrem Spürhund in Frankfurt. Sie liebt es, geheimnisvolle Schriftzeichen, fiese Fieswurze und neblige Nachtwanderungen zu zeichnen. Wenn sie sich eine Tafel Schokuspokus-Schokolade aussuchen könnte, würde sie Chili-Banane probieren – und du?

Die Maya und der Kakao

Wusstest du, dass …

… bei den *Maya* nur die *Reichen und Mächtigen* Kakao trinken durften? Kakao war sehr kostbar. Er wurde als Medizin, bei religiösen Ritualen oder besonderen Anlässen wie Hochzeiten ausgeschenkt. Außerdem konnte man bei den Maya mit Kakaobohnen bezahlen!

… die *Maya* ihren Kakao *heiß und bitter* tranken? Sie verwendeten keine Milch, sondern heißes Wasser, das sie mit gemahlenen Kakaobohnen und Gewürzen wie *Chili* oder *Vanille* vermischten. Zucker gab es noch nicht, deshalb wurde der Kakao, wenn überhaupt, mit Honig oder Agavensaft gesüßt. Meistens schmeckte er aber ziemlich scharf und bitter.

Bist du mutig? Dann probiere echten *Maya-Kakao!*
Das Rezept findest du auf der nächsten Seite …

Maya-Kakao

Für Glückskakaojäger
und mutige Schokoladen-Fans!

Warnung – nichts für schwache Nerven!
Dieser Kakao schmeckt feurig-scharf und gibt neuen Schwung!

Zutaten (für 2 Gläser):

- 70 g hochprozentiges Kakaopulver (schwach entölt)
- 1 Vanilleschote
- 1 grüne Chilischote
- 400 ml Wasser
- Honig

Zubereitung:

1. Schneide die Chilischote der Länge nach durch, entferne die Kerne und zerkleinere die Schote. *Achtung: Hinterher gründlich die Hände waschen!*

2. Schneide die Vanilleschote ebenfalls der Länge nach auf.

3. Gib Wasser, Chili- und Vanilleschote in einen Topf und lasse alles circa 10 Minuten köcheln. Rühre währenddessen das Kakaopulver mit etwas Wasser an und gib es in den Topf. Koche alles unter Rühren kurz auf.

4. Nimm die Vanilleschote aus dem Topf und püriere den Kakao mit einem Stabmixer.

5. Rühre nach Geschmack 1-2 Teelöffel Honig unter, schäume den Kakao mit einem Schneebesen oder einem Milchaufschäumer auf und gieße ihn in zwei Gläser.

6. Feurig lecker – schlürfen und genießen!

Erinnerst du dich noch an alle 7 Zutaten des magischen Glückskakaos?

Sonst schau doch einfach nach: Ganz vorne im Buch findest du ein Bild des alten Kakaogefäßes. Darauf stehen die geheimnisvollen Schriftzeichen.
Ganz hinten im Buch findest du ein Alphabet – jedes Schriftzeichen entspricht einem Buchstaben.
Nimm dir ein Blatt Papier und schreibe die einzelnen Buchstaben auf.
Kannst du alle 7 Zutaten entschlüsseln?
Viel Spaß dabei!

We love Ponyherz

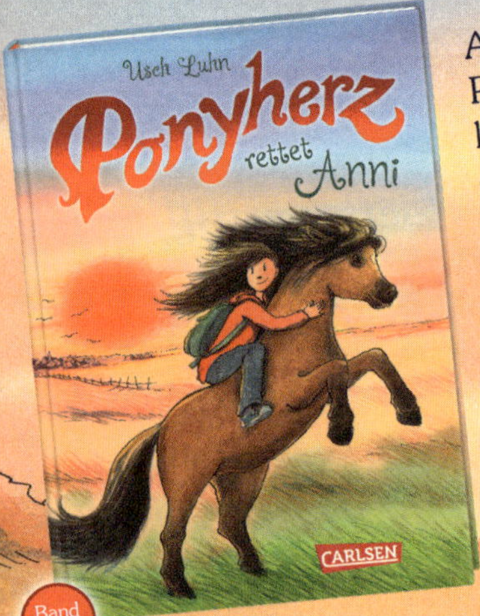

Band 10

Anni hat ein Geheimnis: Im Wald wartet Ponyherz auf sie. Ein Wildpferd. Zusammen können sie reiten wie der Wind. Niemand darf davon wissen. Nicht der Pferdeflüsterer Pieter und erst recht nicht die zickigen Mädchen vom Reiterhof. Denn Ponyherz ist in Gefahr ...

Ein Mädchen und ein Wildpferd – die mitreißende Geschichte einer unglaublichen Freundschaft

Band 11

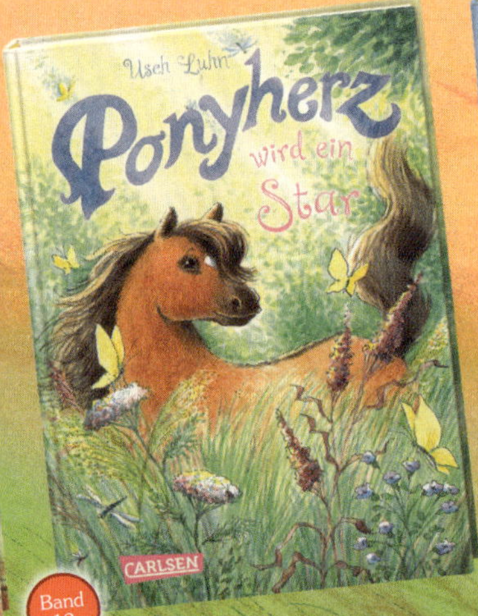

Band 12

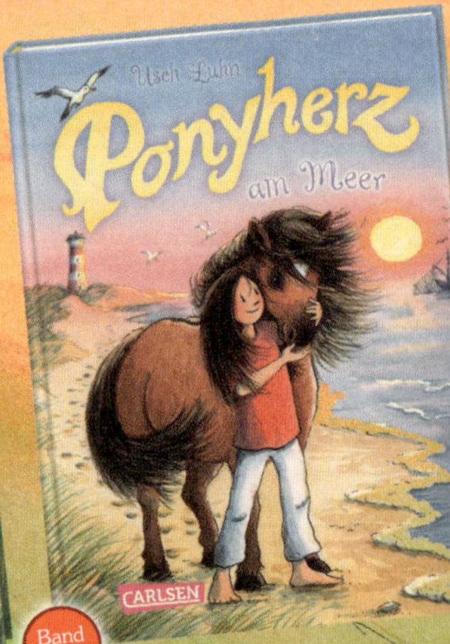

Band 13

Jeweils für €(D) 8,99/€(A) 9,30, je 128 Seiten

CARLSEN
www.carlsen.de

Weitere Abenteuer sind in Vorbereitung.
„Schokuspokus“
gibt es überall im Buchhandel
und auf www.carlsen.de

MIX
Papier aus verantwortungsvollen Quellen
FSC® C002795
FSC
www.fsc.org

Umschlag und Innenillustrationen: Franziska Harvey
Umschlaggrafik: Sabine Reddig
Lektorat: Claudia Scharf / Janina Albrecht
Satz und Herstellung: Constanze Hinz
ISBN 978-3-551-65451-9

SCHOKOLADE SEIT 1847
IK CHUAH ODER KAKAO GOTT
Theobroma Cacao L.